PORTRAITS HISTORIQUES

AU DIX — NEUVIÈME SIÈCLE

50

LES JOURNAUX

ET

LES JOURNALISTES

DEPUIS 1848 JUSQU'AUJOURD'HUI

PAR

HIPPOLYTE CASTILLE

Auteur de la Seconde République (1848 à 1852)

AVEC PORTRAIT ET AUTOGRAPHE

Prix : 50 centimes

PARIS

FERDINAND SARTORIUS, ÉDITEUR

9, RUE MAZARINE, 9

1858

Hawarden, Chester

Sept 5. 1858.

....

safe and substantial service by
improving the general social system

edge respecting their condition.

Renewing any acknowledgments

I remain humble &c

Sir

I am most obedient

WEGladstone

A M.

M. Hippolyte Castille

Paris, Ferd. Sartorius, édit. 9, r. Mazarine.   Imp. Villain, r. de Sèvres, 45, Paris

M. HAVIN

Ferd SARTORIUS. Edit. g. rue Mazarine.

PORTRAITS HISTORIQUES

Au dix-neuvième siècle.

—— ·—⟶ 50 ⟵·——

LES JOURNAUX

ET

LES JOURNALISTES

DEPUIS 1848 JUSQU'AUJOURD'HUI.

PAR

HIPPOLYTE CASTILLE

———

PARIS

FERDINAND SARTORIUS, ÉDITEUR,

9, RUE MAZARINE, 9.

——

1858

PARIS

IMPRIMERIE DE L. TINTERLIN ET Cⁱᵉ,

RUE Nᵉ-DES-BONS-ENFANTS, 3.

LES JOURNAUX

ET

LES JOURNALISTES

DEPUIS 1848 JUSQU'AUJOURD'HUI.

La Révolution de février avait eu son dénoûment le 24; le 25, plusieurs feuilles nées en un jour saluaient l'ère nouvelle.

Les deux premières furent la *République*, dirigée par M. Bareste, la seconde la *République française*, par MM. Frédéric Bastiat, G. de Molinari et Hip. Castille. M. Olinde Rodrigues essaya un rapprochement entre les deux feuilles. Mais, déjà, de toutes les imprimeries de Paris, surgissaient une multitude de journaux de toutes nuances, écrits dans tous les patois auxquels peut prêter l'élasticité de l'idiome parisien.

Les aboyeurs inondaient le pavé. Il faudrait cent pages pour donner les titres de ces feuilles et le nom de leurs rédacteurs. Il est à peine croyable que le besoin d'écrire puisse être poussé aussi loin chez un peuple.

Depuis 1788, quand Louis XVI consulta l'opinion sur le doublement du Tiers, on n'avait jamais rien vu de pareil. Les collectionnaires ont ramassé plus de six cents feuilles nouvelles dans l'espace d'une année, dans la seule ville de Paris.

La vanité de la population parisienne éclate dans ce fait. Ce mouvement de presse fut d'un individualisme excessif. Il n'y eut pas de personnalité un peu accentuée, depuis le salon jusqu'à la mansarde, qui ne prétendît avoir son organe de publicité et ne vînt disputer l'attention publique.

Ce fut un véritable carnaval de la pensée. L'originalité manqua, d'ailleurs, à ce débordement d'imprimés, comme elle manquait à la Révolution elle-même. La plupart des feuilles de la première République reparurent et accusèrent la pauvreté d'imagination des folliculaires de 1848.

On vit reparaître entr'autres feuilles le *Père Duchesne*. Mais jamais le nouveau *Père Duchesne* n'eût osé, comme son aîné, entrer en matière, je suppose, en s'écriant : « Ceux qui disent que le Père Eternel a fait l'homme à son image et à sa ressemblance, lui font un f.... compliment. » Tous les jurons dont les diatribes d'Hébert étaient jadis constellées restèrent sous-entendus. Mais l'espèce de furie que ces obscénités et ces grossièretés de langage prêtaient au style d'Hébert, manquait au *Père Duchesne* de 1848. Il n'atteignit pas même à cet idéal de l'horrible et du laid qui constitue le sublime du genre.

M. Raspail publiait l'*Ami du Peuple*; M. Lamennais le *Peuple Constituant* ; Mme Sand, la *Cause du peuple*; M. Lacordaire, l'*Ere nouvelle*; M. Proudhon, le *Représentant du peuple*, qui s'appela ensuite la *Voix du Peuple*, et finalement le *Peuple*; M. Mickiewitz, la *Tribune des Peuples*.

Le *National* et la *Réforme*, dont les rédacteurs étaient devenus ministres, comme jadis les rédacteurs du *Journal des Débats*, continuèrent de paraître. Un écrivain instruit et homme du monde, M. Duras, rédigeait le premier de ces journaux. Le second avait pour rédacteur en chef un journaliste d'un talent remarquable qui, malheureusement, a disparu de la presse, M. Ribeyrolles. Un petit parfum officiel donnait à ces feuilles, jadis anarchiques, une sorte d'autorité au milieu de la mêlée, — ce qui n'était pas dépourvu d'un certain sel de haute comédie.

La plus originale de ces feuilles, celle qui laissera un nom dans l'histoire de cette Révolution, fut la feuille de M. Proudhon. Elle popularisa cet écrivain hors ligne, qui, depuis dix ans déjà, publiait obscurément des œuvres éclatantes d'audace, de génie et de style, mais en même temps pleines de ténèbres, d'humeur, de subversion, de violence et de préoccupation d'étonner le public.

Ce critique, qui rappelle les satiriques les plus vigoureux de la Renaissance, et qui unit l'impitoyable ironie de Voltaire à la fibre humaine de Rousseau, osa seul traiter la

Révolution de février avec quelque sincérité. Il se moqua des imitations puériles des néo-jacobins, et dans sa feuille écrite au jour le jour, au milieu de périls sans nombre, exposé au feu de tous les partis, criblé d'amendes et de condamnations, il inspira le mépris du passé à ce peuple servile, classique dans ses mœurs comme dans sa littérature, et, pourtant, comme les Athéniens de la décadence, demandant sans cesse du nouveau.

Lorsque le cautionnement et le timbre furent rétablis, la plupart de ces feuilles disparurent. Elles eussent disparu d'elles-mêmes avec le temps. Les limites du bon marché tracent des limites au public lisant. Ce qu'on nomme le public n'est pas indéfiniment extensible. En fin de compte, un nombre de journaux d'environ une centaine, départements compris, bien rédigés et à grand tirage, suffit aux besoins de l'amour-propre des Français, et dépasse de beaucoup les besoins réels des trente-six millions d'habitants qui forment la nation française.

Les colères qu'excita la presse sous la seconde République, précipitèrent la chute de
ses libertés. Ces colères furent individuelles et
officielles. Elles se manifestèrent par la sus-
pension des journaux, par une multitude de
procès, par des actes de répression rendus
nécessaires. La violence dépassa l'action
des lois. On sait que les presses des imprimeries de MM. Proux et Boulé furent bri-
sées par des gardes nationaux commandés
par M. Vieyra. Un simple arrêté eût suffi à
un gouvernement fort.

La maison Boulé, qui a imprimé près de
trois cents journaux, était située rue Coq-
Héron, derrière l'hôtel des Postes. Une
multitude de feuilles de toutes nuances
s'imprimaient dans ces ateliers. C'était, nuit
et jour, dans cette maison, un va-et-vient
perpétuel. A tous les étages, on trouvait des
bureaux de journaux. Un peuple d'em-
ployés, d'ouvriers, de journalistes, s'agitait
dans ce capharnaum de la pensée. M. Boulé,
petit homme voûté, d'apparence débile,
mais l'œil fin, la bouche pleine de paroles
et d'esprit, remuant, agité à la surface, mais

fort calme au fond, menait avec un in-
croyable entrain ce grand mouvement d'affaires.

Cependant, à mesure que la Révolution
approchait de son dénouement, le nombre
des feuilles sorties de ce grand mouvement
intellectuel diminuait. Ce qui avait subi et
supporté l'épreuve du cautionnement et du
timbre succombait sous les amendes. Jamais, de mémoire de journaliste, tant de
procès de presse ne furent intentés en aussi
peu de temps. Quelques journaux, tels que
la *Révolution démocratique et sociale*, de
M. Delescluze, et le *Peuple*, de M. Proudhon, accumulaient les condamnations. Cela
ressemblait à une gageure entre le parquet
et quelques journalistes.

Les événements du 13 juin aggravèrent
le conflit. Le coup d'État du 2 décembre 1851
y mit fin.

Lorsque je compare à l'existence douce
et confortable des journalistes d'aujourd'hui
la vie de périls et de misère que nous menions sous la seconde république française,
il me semble qu'une génération tout entière

a vécu entre le présent et ce passé si jeune encore pourtant.

Je dis nous, je me trompe. Le journalisme tout entier ne courut point ces sombres aventures. Le journal le *Siècle*, par exemple, ce coryphée actuel de l'opposition, vivait alors, comme aujourd'hui, avec l'aisance que lui vaut sa grosse clientèle, avec toute la sécurité que lui assurent en tous temps le prudent modérantisme dont il ne s'est jamais écarté.

Doucement réactionnaire d'abord, il devint doucement démagogue, et se rapprocha des idées courantes quand sa clientèle eut emboité le pas derrière le général Cavaignac.

Nous étions, comme le *Siècle*, dans le faux et dans le subversif, j'y consens. Mais au moins nous y marchions carrément, à peu près aussi dénués que les conscrits de 1792, s'en allant sans souliers, sans fusils et sans pain, sans autre viatique que le chant de *Ça ira* et l'amour de la patrie, au secours des frontières envahies.

Et quand on pense que ces braves marchands de papier et leurs patrons furent peut-être sur le point de gouverner la France, on a un terrible *mea culpa* sur la conscience en songeant aux journées de février.

A la *Révolution démocratique et sociale*, dont je dirigeai un moment la partie littéraire, — une étrange littérature! — la plupart d'entre nous ne recevaient aucun salaire. Le garçon de bureau, ancien garde républicain, fut peut-être le seul salarié du journal.

On n'en était pas moins exposé pour cela à toutes les conséquences d'une politique enragée, mais pourtant désintéressée dans ses erreurs.

Or, n'étant ni salariés, ni mendiants, ni voleurs, Mirabeau lui-même eût difficilement expliqué notre existence.

Ce fut pour nous le temps des grandes folies de la pensée, des rêves absolus, des utopies de vertu lacédémonienne et de bonheur commun. Les émotions de la lutte soutenaient de leur fièvre cette existence impossible. Je me souviens d'avoir eu l'honneur de me trouver face à face à la même table avec un de ces compagnons des mauvais jours qui m'avait, par quelque pensée fraternelle, invité à dîner. Je le vois encore dans le miroir du souvenir, grand, maigre, mais calme et souriant comme le juste, tirer noblement de son armoire un plat de pommes de terre froides, une carafe d'eau, sans oublier le pain et le sel des anciens.

Et, je dois le dire, il ne vint à l'esprit ni de l'un ni de l'autre de nous, en partageant cet humble repas, de maudire notre destinée. Chacun de nous croyait avoir de grandes choses à faire pour le bien public, et, comme des soldats en campagne, nous songions bien plus au combat qu'aux misères du métier.

Je ne regrette rien de celles de mes erreurs qui eurent pour mobile un amour insensé et mal conçu de mes semblables, mais je ne puis sans humilité me souvenir aujourd'hui de ces sacrifices quand je pense que nous menions cette vie exécrable, pour d'illustres imbéciles qui ne nous valaient pas, je me sens à la fois orgueilleux et contrit.

On n'était jamais certain de se lever libre et d'achever l'article commencé. Les premiers mois de cette époque de notre histoire furent à chaque instant marqués par des incidents redoutables, journées, manifestations, insurrections. Cent mille malheureux succombèrent dans ces luttes, dans ces misères, sans trop savoir pourquoi ils se levaient, à moins que ce fût ne pour attester l'insigne faiblesse du pouvoir et son incompétence.

Dans ces jours d'émotion, les bureaux de journaux devenaient des centres où affluaient les gobe-mouches, les espions et les hommes de main.

La nuit du 29 janvier offrit un de ces spectacles singuliers. La rédaction du journal où je servais veilla durant cette nuit d'hiver à laquelle devait succéder peut-être une de ces journées sanglantes qui, tant de fois, depuis soixante ans, ont désolé Paris.

Ce fut une perpétuelle allée et venue. Les faubourgs belliqueux, les casernes des gardes mobiles, à la veille d'être dissoutes, échangeaient des avis mystérieux avec les feuilles radicales de la démocratie.

A la *Tribune des peuples*, où je fis une courte halte, il nous venait des patriotes de tous les bouts du monde et de tous les idiomes imaginables. La politique y était plus large et moins préoccupée des incidents de Paris.

Il me souvient pourtant que nous fûmes un beau soir transformés en jury d'honneur pour juger la conduite d'un individu accusé d'avoir dissipé le produit d'une souscription à un banquet fameux dit des *vingt-cinq centimes.*

Combien la Providence est ingénieuse! Elle se servit en cette circonstance de la main légère d'un filou, pour faire avorter le banquet, à la suite duquel plus d'un convive eût sans doute soupé le soir même chez les ombres.

Ces rapides esquisses suffisent pour donner une idée de ce qu'étaient les journaux de l'opposition démocratique radicale. Tous offraient à peu près le même spectacle de folie et de dévouement chimérique. On apprenait du moins à y connaître les agitations populaires, si mal comprises des hommes qui passent du salon au régiment, ou des bureaux à la conduite des affaires. C'est un passé dont il n'y a pas lieu de se glorifier au point de vue du sens commun et des principes sérieux de la vie publique, mais dont on a le droit de ne pas rougir quand on l'a traversé honnêtement et de bonne foi.

Il serait peut-être à souhaiter qu'à toutes les époques de l'histoire on pût rencontrer des hommes d'Etat ayant fait ce rude stage avant de songer à gouverner le monde.

Quiconque a serré d'aussi près la masse populaire, l'aime et l'estime, mais apprend à ne la plus craindre, sachant bien que ses fautes ne lui appartiennent pas, et qu'elle est toujours prête à suivre la voie des grands et nobles instincts, lorsqu'on sait la maintenir dans ses limites.

Le *Peuple*, la *République*, la *Réforme*, le *National* lui-même disparurent.

Des journaux issus de la révolution de Février, il ne resta plus que le *Pays* et l'*As-*

semblée nationale. Cette dernière feuille changea de titre, se nomma le *Spectateur* et finalement cessa de paraître. Elle représentait la fusion orléano-légitimiste.

La plupart des noms des journalistes connus du public ont disparu. M. Marrast est mort; M. Proudhon fit silence, puis écrivit de grands ouvrages, dont le dernier a motivé une condamnation. M. Proudhon s'est retiré en Belgique. M. de Girardin a renoncé à la presse périodique. Ceux qui allaient conquérir de la popularité, M. Ribeyrolles, par exemple, et quelques-uns des fantaisistes de l'*Événement*, ne sont plus en France, ou ont quitté la politique.

A peine reste-t-il, dans cet ancien monde du journalisme, plus exposé aux vicissitudes sociales que les feuilles sèches au vent d'automne, deux ou trois noms connus du public.

Nous avons encore, parmi ceux-ci, M. Granier de Cassagnac et M. Veuillot.

J'oublie quelques noms estimables, comme ceux de MM. de Lourdoueix, de Laurentie et d'autres encore, mais qui, par la sobriété de la forme et le genre de leur talent, ont fait moins de tapage dans la république des lettres.

En revanche, une foule de noms nouveaux, inconnus de la presse et du public, ont surgi, notamment dans les feuilles dévouées au régime impérial. On a lu dans ces feuilles des articles bien rédigés, mais toujours plus entachés des principes du passé que ne le comporte une situation si différente. Et pourtant, malgré l'obligation de signer les articles, les noms de ces écrivains n'ont pas encore acquis la notoriété qui les attend. C'est que les causes qui fixent les noms dans la mémoire ne sont pas toujours identiques aux circonstances matérielles qui les mettent sous les yeux. Pour fixer un souvenir sur ce miroir capricieux, il faut qu'un sentiment vienne prêter une âme à l'objet qu'il reflète. Il faut l'amour ou la haine chez le spectateur, l'individualité chez l'acteur.

Le *Journal des Débats* vit encore. Il est de ces rares survivants du journalisme dont le tempérament a résisté à nos révolutions;

quelques-uns des rédacteurs qui ont soutenu
la réputation de ce journal, MM. Saint-Marc-
Girardin, de Sacy, Cuvillier-Fleury, Phi-
larète Chasles, Jules Janin, écrivent encore.
Ils ont leurs bons et leurs mauvais jours.
Quatre ou cinq jeunes gens, recrues dont
s'est grossi le vieux régiment, sont venus
combler les vides laissés par la mort. Je citerai parmi eux M. Taine. Mais la plupart de
ces jeunes talents sont menacés de périr
dans leur fleur pour s'être attachés à de
vieilles idées. Ils se sauveront, à coup sûr,
un jour ou l'autre, en les quittant.

Tout marche, le *Journal des Débats* reste
seul immobile, immuable, éternel. Les nou-
veau-venus ont autant de talent, ni plus ni
moins que les anciens. Ils pensent comme
leurs prédécesseurs. On peut les mettre au
tableau, ils répondront aux questions posées
absolument comme répondaient leurs aïeux.
Et, pour comble de ressemblance, ils ont
appartenu, en général, à l'Université.

On dit que les Chinois poussent l'esprit
d'imitation à l'extrême. Donnez-leur un vase
à copier, un habit à faire sur le patron d'un

autre habit, s'il y a une brèche au vase, une pièce au vêtement, ils s'empresseront d'imiter la brèche et la pièce, afin que plus parfaite soit la ressemblance.

Si l'intérieur des bureaux de journaux contemporains s'est amélioré, si, dans cette industrie comme dans toutes les autres, l'élégance et le comfort ont fait quelques progrès, là, comme ailleurs, on rencontre des retardataires.

Dans l'ombre que projette l'église Saint-Germain-l'Auxerrois, à l'entrée d'une ruelle obscure, s'élève une vieille petite maison, d'aspect morose ; au-dessus de la porte on lit cette enseigne : *Journal des Débats*.

L'escalier répond à l'extérieur, et l'antichambre du rédacteur en chef n'offre pas même une modeste banquette au visiteur qu'une affaire quelconque amène dans cette puissante officine. Les bureaux d'abonnement ressemblent à ces salles d'étude où vingt générations de lycéens ont usé sur des pupitres vermoulus les manches de leurs vestes.

Le plus riche peut-être, et à coup sûr, le

plus solidement établi des journaux de Paris, n'a pas cru devoir sacrifier aux faiblesses du luxe moderne. Il est resté dans ses vieux meubles comme dans sa vieille politique.

Cette immuabilité extérieure serait-elle un symbole ? Le *Journal des Débats* veut-il dire par là que tout ce qui se passe aujourd'hui ne le regarde point, qu'il vit dans la poussière du passé, dans les toiles d'araignée du souvenir ? Ne traine-t-il pas encore sur quelque table une plume ébréchée de ce bon M. Barrère ?

En 1846, lorsqu'on parlait au *Journal des Débats* de la question du Danube, il s'en référait à son patron M. Guizot, et disait sans doute comme lui : « Il n'y a pas là de quoi fouetter un chat. » Hier, il en disait autant de la question scandinave. Il aime mieux s'en tenir aux doctrines, aujourd'hui décolorées, qui ont fait sa fortune. Et je gage, qu'en cherchant bien dans ce logis morose, on trouverait, en quelque sanctuaire écarté, ce fameux canapé où Mme de Liéven trôna, groupant autour de sa crinoline russe les grands ministres de cet infortuné Louis-Philippe : le célèbre canapé des doctrinaires.

J'en plaisante et ce n'est pas gai, car du crin de ce canapé, qui sait s'il ne s'échappera pas un beau jour un affreux rat, comme ce rat de la Hollande qui rongea et creva les digues colossales qui protégent ce pays contre l'envahissement des flots ?

Parmi les immobiles, nous citerons encore l'*Univers* et le *Charivari*, qui continuent de s'entre-dévorer, et, comme ces exhibitions auxquelles on a donné le nom de *tableaux vivants*; ils tournent, ils tournent toujours, sans cesser d'offrir le même aspect.

La seule différence à constater est à l'avantage de l'*Univers* dont la réputation embaume aujourd'hui la France entière, tandis que le *Charivari* ne soutient son anciene vogue que par la verve réelle de MM. Caraguel et Arnould Frémy.

C'est un artifice du même genre qui soutient aujourd'hui la grosse clientèle du journal le *Siècle*. Otez au *Siècle* ses discussions avec l'*Univers*, et le prétexte de son existence aura cessé d'être. Les journaux libéraux qui ont survécu à nos troubles ci-

vils doivent bien de la reconnaissance à
M. Veuillot et à l'*Univers*. Si cette feuille et
son rédacteur en chef tombaient, ils entraî-
neraient peut-être dans leur chute quatre
ou cinq autres journaux qui ne vivent que
de sa substance.

La *Presse* a plus d'originalité propre. Et
pourtant elle n'a plus M. de Girardin pour
directeur. Ce qui soutient la *Presse*, c'est
son public. J'entends par là que le public
de la *Presse* oblige. Le jour où cette feuille
cesserait d'être l'expression de ce public,
elle aurait vécu. Ce n'est pas que la *Presse*,
à l'instar de certains journaux, vive uniquement
ment du préjugé, de l'opinion, du vice fa-
milier d'une collection de Français. Elle
n'en est pas réduite à vivre d'adulation,
chose plus rare qu'on ne pense. Elle n'a pas
besoin de flatter ni un parti, ni une classe.
Elle a des lecteurs de toutes les classes et
de tous les partis. Mais ce qui distingue ce
public de la *Presse*, c'est une certaine indé-
pendance de caractère, un amour de l'intelligence et du mouvement des idées, qui en
fait, à mon sens, un public d'élite. Ce n'est

pas l'amour de la propriété, la profession de tel ou tel culte, la fonction, la classe, la fortune, qui déterminent l'abonnement à la *Presse*, c'est un je ne sais quoi d'éminemment français en même temps qu'exempt de ce que les artistes nomment le poncif. La *Presse*, c'est l'idée. Le public de la *Presse*, c'est tout ce qui aime l'idée, qui vit en elle et par elle, et fait d'elle la joie, l'amour et le principe de son existence. La *Presse* a pour rédacteur *principal*, M. Guéroult, écrivain de beaucoup de talent, d'érudition, de finesse et d'urbanité. Elle comptait, hier encore, parmi ses rédacteurs, M. Yvan, ancien représentant du peuple, profondément versé dans la connaissance des choses de la Chine et de l'Inde. M. Bonneau remplace M. Yvan. M. Léouzon-le-Duc y traite avec une grande expérience et beaucoup de talent les questions russes et scandinaves. N'oublions pas non plus un jeune écrivain de mérite, M. Assolant.

Je ne dis pas pour cela qu'à la *Presse* seule il y ait des idées, et que l'idée, comme le Christ dans l'Eucharistie, y ait toujours sa présence réelle. Mais on espère, du moins, l'y trouver, et on l'y rencontre souvent.

La *Patrie*, le *Constitutionnel*, voués à l'ordre, négligent trop l'imprévu et la sympathie qui en découle. Tout ce que l'art du journalisme comporte de talent, la *Patrie*, le *Pays*, le *Constitutionnel*, le déploient. Les Burat, les Cucheval, les Boniface, les Renée, sont des écrivains prudents, habiles, purs, mais qui manquent de spontanéité, de hauteur. M. La Guéronnière y mettait plus de grâce, et M. Granier de Cassagnac plus de vigueur. M. Fonfrède eut beaucoup d'entrain dans son temps. Voilà les modèles du genre, ceux qu'il faut étudier, dont il est bon de s'inspirer quand on a l'honneur d'appartenir à la presse conservatrice. M. Renée, écrivain pur et élégant, auteur de livres estimés, membre du Corps législatif, dirige à la fois le *Constitutionnel* et le *Pays*. Le *non bis in idem* pourrait être ici renversé sans esprit de malice. Une même pensée risque au moins, ainsi divisée, de faire double emploi. On remarque, depuis quelque temps, au *Constitutionnel*, un jeune écrivain d'avenir, M. Ernest Dréolle. A la *Patrie*, MM. Limayrac, Gullaud, Cucheval, publient alternativement des articles où la science des principes s'unit souvent à une forme excellente.

Un des rares journaux qui discutent et qui méritent d'être cités pour ce respect de la discussion, c'est la *Gazette de France*. Il est difficile d'apporter dans la polémique plus de courtoisie, de loyauté et souvent d'éloquence que ne le fait M. de Lourdoueix, le rédacteur en chef de la *Gazette*. On se sent à l'aise pour débattre avec un pareil écrivain une question de principes, quelqu'épineuse qu'elle puisse être.

J'ai aussi une prédilection que je ne dissimulerai pas pour M. de Laurentie, rédacteur de l'*Union*. Sans doute ce que j'ai pu sauver de mes croyances à travers nos naufrages me sépare de ces honorables écrivains. Mais j'aime à saluer en eux les représentants les plus purs de la vieille urbanité française.

En dehors des partis désignés sous des noms connus, il en est un dans lequel j'ai toujours brigué de servir, un parti que je chéris entre tous, c'est le *parti des gens comme il faut.* Et par ce terme banal je n'entends pas désigner telle classe, tel rang, tel costume. L'homme dont je parle se rencontre partout, à la ville et aux champs, sous la blouse comme sous l'habit. C'est l'homme à qui la nature a donné un grain de tendresse, de charité, de bienveillance pour le prochain, dont une urbanité naturelle assouplit les manières, qu'une fierté sévère met en garde contre les bassesses, les mesquineries et les défaillances de la vie. Lorsqu'un peu d'élégance se mêle à cet excellent fond, on n'est plus seulement un homme comme il faut, mais un homme distingué, un galant homme.

Un nouveau journal, qui n'est qu'une transfiguration de deux anciennes feuilles, le *Courrier de Paris,* a pris place dans le journalisme avec un certain éclat. On a cru reconnaître dans plusieurs articles la facture et le style des articles de M. Emile de Girardin.

Il ne nous a pas été donné de sonder ce

mystère. Nous signalons seulement ces articles pour leur mérite réel et leur intelligence. Ils étaient signés de Villiers.

Nous retrouvons quelquefois au *Courrier de Paris* M. Ducuing, qui y rédigea les articles de finance. Les rédacteurs actuels du *Courrier de Paris* sont MM. de Choisy, Prevot, Glorieux, Gandon, Saint-Félix, et d'autres que j'oublie.

Signalons pourtant une innovation malheureuse du *Courrier de Paris*. Il a introduit la causerie des salons dans ses colonnes politiques. Les annonces, la Bourse, les tribunaux, les faits divers, le feuilleton tenaient déjà, ce nous semble, une assez large place au détriment des matières politiques. Le *Courrier de Paris* a réussi et son chroniqueur a montré, au jour le jour, autant d'esprit qu'il est possible d'en demander à un homme soumis à ce genre de torture d'avoir de l'esprit tous les soirs. Mais c'est un succès dangereux, qui vient en aide à l'apathie des esprits, à leur futilité, et nous écarte de plus en plus du goût et des mœurs littéraires plus sérieuses,

Aujourd'hui, le *Courrier de Paris* a quatre gens d'esprit, au lieu d'un, pour sa chronique. La chronique, fût-elle écrite par Voltaire lui-même, n'en ressemble pas moins, au milieu de la politique, à un dessert qui se présenterait après le potage.

La Patrie a suivi cet exemple. Cependant, par une tendance contraire, les petits journaux, à qui le manque d'autorisation et de cautionnement interdit la discussion des matières politiques, empiètent, au contraire, sur le terrain de leurs grands frères.

Pourquoi n'interdirait-on pas plutôt la littérature d'imagination aux feuilles qui jouissent du droit de nous donner des nouvelles de la santé du roi de Prusse et de dire à M. Veuillot son fait?

Parlerai-je du *Réveil* de M. Granier de Cassagnac. Est-ce un journal, ce morceau de papier qui vitupère la pensée et la menace du caporal, comme si la pensée était un malotru qu'il fallût mettre au corps-de-garde.

J'ai ouï raconter que dans les rixes de barrière, quand l'un des deux combattants que les querelles du vin ont amené dans la ruelle où se vident ces duels à coups de poings, tombe, le hideux vainqueur se relève et frappe l'ennemi vaincu d'un coup de talon de botte dans le visage.

Dans leur ignoble argot, ces hommes nomment cet acte odieux d'une façon caractéristique. Ils appellent cela *donner le cachet.*

Hélas ! faut-il le dire ? il se passe depuis vingt ans quelque chose de semblable dans la presse. Depuis bien des années déjà, lorsqu'un malheur afflige ou menace un livre, un journal, une idée, quand le vaincu est à terre, surgit tout à coup un homme de lettres qui, d'une plume pareille au talon ferré de l'homme dont nous parlions tout à l'heure, fait un article contre l'idée terrassée et *donne le cachet.*

Cela est devenu, comme on dit dans le monde professionnel une *spécialité.*

Trois revues se partagent encore le public sérieux. Ce sont : la *Revue des Deux mondes,* la *Revue Contemporaine* et la *Revue Française.*

La première a pour directeur M. Buloz,
qui a été fort maltraité par les uns, fort adulé
par les autres. M. de Balzac a eu notamment de grandes colères contre M. Buloz, et
l'on se souvient encore des fameux articles
qu'il publia au sujet de la *Revue des Deux
mondes*, de M. de Sainte-Beuve et de M. Buloz, dans ses trois petits volumes de critique.

Pour quiconque n'a eu rien à démêler
avec M. Buloz, il reste le créateur d'une revue considérable, qui se soutient par des
causes fort étrangères à son mérite réel,
mais qui vit beaucoup plus sur sa valeur
passée que sur sa valeur présente.

Le succès de la *Revue des Deux mondes*
tient non-seulement aux articles qu'elle pu-
blie, mais aussi à la situation actuelle et
aux antécédents officiels de la plupart de
ses rédacteurs. Elle recrute aussi beaucoup
de collaborateurs dans l'Université. C'est le
faible des revues. Cette tendance est assez
naturelle, puisque les revues ont la préten-
tion d'enseigner autant que d'énumérer.

On conçoit quelle sollicitude une revue
qui a coûté tant de soins, tant de peines,

tant de capitaux, doit inspirer à son directeur. M. Buloz veille sur son œuvre comme
un père sur son enfant. Nulle éducation n'a
été l'objet de plus de scrupules. Mais là est
précisément l'écueil. La *Revue des Deux
mondes* est comme un enfant trop bien élevé. Elle manque de naturel et d'imprévu.
Si M. Buloz n'y prend garde, elle vieillira
trop vite. On se plaint qu'elle vit trop en
dehors des jeunes générations ; ce qui ne
me paraît pas juste. La *Revue des Deux mondes* met, au contraire, une sorte de recherche systématique à s'assimiler tout ce qui,
dans la jeunesse, lui paraît apte au genre de
littérature qu'elle cultive.

Le reproche qu'on pourrait peut-être lui
adresser plus justement est de porter at-
teinte à l'individualité des jeunes écrivains
qu'elle admet dans son sein. Elle se les
assimile quelquefois si bien, qu'on ne les
distingue pas beaucoup plus les uns des autres que dans un régiment on ne distingue
le paysan breton du normand ou du picard.
Elle en fait, littérairement, des individualités
réglées comme des petites montres Bréguet.

Le style de ces adeptes se colore de nuances communes à tous, et certaines tournures de phrases, certaine façon d'exprimer certaines idées, se reproduisent et engendrent un peu de monotonie dans ce recueil dont le volume est déjà pour les esprits dormeurs un objet d'appréhension.

Il va sans dire, d'ailleurs, que les fortes individualités échappent à cet écueil.

Les universitaires abondent aussi à la *Revue contemporaine*. Ils y apportent, cela va sans dire, un contingent d'idées fort différent de celui de la *Revue des Deux mondes*. Que M. de Calonne, le directeur de la *Revue contemporaine*, prenne garde à l'exemple de M. Buloz. Ce qui a pu servir au succès de celui-ci, pourrait être un obstacle à une revue nouvelle, basée sur des principes fort différents.

Quant à la *Revue française*, dirigée par deux jeunes imprimeurs, elle vit dans une atmosphère purement littéraire dont elle fera bien de ne pas s'écarter, quelque inspiration qui l'y pousse. Les directeurs ont su grouper autour d'eux beaucoup d'hommes de talent, à qui ce terrain neutre et des coudées plus franches en littérature, en morale, en philosophie, semblent préférables à tout le reste. La clientèle a compris cette pensée tout à fait conforme aux idées du temps. Elle s'est augmentée lentement, mais sûrement; et déjà la *Revue française* est sur la limite extrême qui mène au succès.

L'intérieur des bureaux de journaux ne ressemble guère à ce qu'il était jadis. Le comfort est venu à la suite du fermage des annonces et de l'initiation de la finance dans les affaires de presse. Aujourd'hui, la caisse, les bureaux d'abonnement ont un faux air de maison de banque. Le cabinet d'un rédacteur en chef est une espèce de salon. Les rédacteurs du *Pays* marchent, je crois, sur des tapis. C'est un progrès plus sérieux qu'il n'en a l'air. L'oubli de la bienséance dans les arrangements intérieurs de a vie, mène, par analogie, à celui de la modération et de l'urbanité dans le style. Le comfort est nécessaire à l'écrivain plus qu'à tout autre travailleur. Mais il serait à souhaiter que la pensée ne dût qu'à elle-même le bien-être qui lui est propice.

Les mœurs des journalistes ont pris un air nouveau. Le décousu de la vie, la fantaisie, le côté un peu aventureux de cette existence militante ont disparu. Les journaux sont achevés de bonne heure. Un journaliste ne se couche plus à des heures indues. Presque tous sont devenus de bons petits bourgeois qui pourraient rivaliser de régularité avec les commis du ministère des finances ou du ministère de la justice.

En rapprochant les mœurs des journalistes d'aujourd'hui avec celles des journalistes d'autrefois, je suis encore frappé d'une différence notable et qui tient au côté le plus intime de la vie domestique.

Autrefois les journalistes, mal acceptés des hautes classes, légèrement aventuriers, au milieu de ce peuple livré à tant d'aventures, un peu acteurs en un mot sur la scène de la vie publique, épousaient volontiers des actrices, ce qui ne se voit plus guère aujourd'hui.

Le journaliste M..., par exemple, avait

épousé la célèbre M... D..., qui ne fut pas, dit-on, un modèle de fidélité conjugale. M..., comme le bon Panurge, *n'en faisait pire chair*. Il se bornait à faire lit à part, quoique leurs chambres fussent contiguës.

Un soir que l'excellent M..., fatigué des travaux du jour, s'endormait du sommeil d'un philosophe, il fut tout à coup éveillé par des sanglots et des phrases entre-coupées.

C'était un amant de sa femme qui, ayant gagné la femme de chambre, venait de s'introduire près du lit de sa maîtresse. Cet amant s'était laissé entraîner à une infidélité qu'on lui reprochait amèrement. Vainement protestait-il de ses bonnes intentions pour l'avenir, vainement assurait-il *qu'il ne le ferait plus*, on le repoussait, on refusait d'entendre ses excuses.

La scène se prolongeait et empêchait le pauvre M... de dormir. Fatigué de ce bruit, ennuyé, excédé : « Mais, ma bonne amie, s'écria-t-il, puisqu'il te dit qu'il ne le fera plus! »

J'aime à le constater à la gloire des jour-

nalistes d'aujourd'hui, on n'en trouverait
plus, j'imagine, d'aussi philosophes que cet
excellent homme. Les défauts ont changé.
Ceux de notre temps sont de plus haut goût.

Les mœurs du journalisme sont évidemment en progrès.

Mais il y a un revers à la médaille.

Autrefois, chaque journal était dirigé par
un écrivain qui en personnifiait la physio-
nomie et groupait autour de lui une fraction
de public. Le talent et le caractère de cet
écrivain exerçaient une sorte de rayonne-
ment. Il n'avait pas besoin de signer ses
articles pour qu'on retînt son nom. La ligne
politique du journal lui était entièrement
abandonnée. De sorte que si tous les articles
ne sortaient pas de sa plume, ils émanaient
tous, plus ou moins, de la pensée dirigeante,
et prenaient un air de famille.

Ainsi fut le *National* sous MM. Carrel et
Marrast, le *Journal de Paris* sous M. Fon-
frède, le *Temps* sous M. Jacques Coste, la
Gazette de France sous M. de Genoude, la
Presse sous M. Emile de Girardin, etc., etc.

De nos Jours, à peu d'exceptions près, le rédacteur en chef a disparu.

L'écrivain le plus impersonnel d'un journal semble être, aujourd'hui, le meilleur rédacteur en chef.

A quelles causes faut-il attribuer ce changement profond dans les mœurs du journalisme ?

A l'industrialisme de la presse moderne; et peut-être à l'obligation de signer les articles.

Dès que le journalisme est devenu une *affaire*, il a cessé d'être un *esprit*.

Dès que chacun a signé ses articles, il est arrivé cent fois que l'article de tel ou tel rédacteur en sous-ordre valait beaucoup mieux que celui du rédacteur en chef. C'est plus honnête, mais moins piquant.

Prenez pour exemple le journal le *Siècle*, je suppose, comparez les articles de la plupart des rédacteurs à ceux du rédacteur en chef nominal, et il vous sera facile de vous convaincre de l'infériorité du chef de cette feuille vis-à-vis des rédacteurs ses subordonnés.

Le côté industriel des opérations de presse a eu de plus graves conséquences. Dès que les journaux sont devenus de grosses affaires, qu'il y a eu des *actionnaires*, au lieu de *coréligionnaires*, on a recherché pour rédacteur en chef, non plus tel ou tel écrivain éminent, mais tel ou tel capitaliste offrant une surface commerciale en harmonie avec le but et l'importance de l'entreprise.

Les capitalistes un peu frottés de politique et de littérature ont eu un avantage considérable et déplorable sur leurs confrères. Cela a donné naissance à des rédacteurs en chef d'un genre inconnu jusqu'alors : au lieu d'un Fonfrède nous avons eu M. Delamarre, au lieu d'un Marrast on a vu florir M. Véron, et M. Havin tient présentement l'emploi d'Armand Carrel. Ne serait-il pas plus convenable que la rédaction en chef du *Siècle* appartînt, par exemple, à un homme d'esprit, de cœur et de talent, comme l'excellent M. Jourdan ?

Otez à M. Delamarre ses capitaux, vous le verrez à la tête d'une banque, dirigeant de vastes opérations financières ou industrielles avec cette sûreté de coup d'œil qu'on lui connut jadis, mais je doute qu'il trouvât douze cents francs d'appointements dans un journal, en qualité de rédacteur.

Dépouillez M. Véron de sa fortune, il collaborera demain avec Leperdriel à quelque bas élastique ou à quelque pâte miraculeuse et il rédigera les prospectus de la maison.

Déchargez M. Havin de ses quatre-vingt mille livres de rente, et il restera un brave homme, capable de tout ce que l'on voudra, apte à quelque chose, en somme, excepté à ce qu'il fait.

Tout ce qui tient vraiment une plume, pense tout bas comme je viens de penser tout haut.

Le journalisme en souffre. Il n'y a presque plus de journaux.

Un seul reste, c'est le *Figaro*.

J'ai ouï dire par un homme célèbre, mais évidemment pessimiste, que je me garderai bien de nommer : « Il n'y a plus qu'un rédacteur en chef, c'est M. de V..... Serait-ce là l'effort du siècle ? Le *Figaro* est le premier, le seul journal de l'époque ! Il suffit aux besoins actuels des Français. Soixante années de révolutions ont passé sur nos têtes, douze gouvernements se sont écroulés, nous nous sommes massacrés je ne sais combien de fois en famille, nous sommes devenus imbéciles et sanguinaires, et nous avons considérablement progressé... dans l'égoïsme et la férocité. Alors Figaro est revenu le museau à l'évent, le sourire aux lèvres, les fleurs de la misère aux joues, prompt à la riposte comme au bon temps, n'épargnant l'Excellence ni le Monseigneur, tenant à justifier le mot de Paul-Louis, plein de goût pour la facilité de mœurs, pourvu qu'elle soit élégante, sachant s'enivrer avec des airs d'homme de qualité, peuple, mais peuple de l'office, de l'écurie, de la cuisine et du boudoir. »

Je trouve ce jugement dur, injuste et sans mesure. Le petit journal a sa place en France. Il y rend des services. Il est un ingrédient politique et littéraire, dangereux, mais exquis. Le *Figaro* est un *modèle du genre.* Il s'est fait des ennemis puissants, c'est souvent un mérite. Il a été fort utile,

il le sera encore. Il amuse, et jamais au
sel de sa plaisanterie ne s'est mêlé le poison
de la méchanceté.

Irai-je plus loin? l'histoire est sinon com-
plète, du moins suffisante. Quelques pages
de bonne foi valent mieux que des volumes
de mensonges. Si j'avais à traiter complète-
ment de l'histoire de la presse au dix-neuvième siècle, je sens que j'envisagerais mon
sujet de trop haut pour être suivi.

On se plaint de la difficulté d'exprimer sa
pensée; mais je dirai avec La Boëtie, la ser-
vitude est dans les âmes. Comme l'Institut,
comme les comédiens, comme les comités
spéciaux, comme la compagnie de Jésus, la
presse périodique est un microcosme, un petit peuple à part, et chaque journal, comme les
fiefs au moyen âge, est une petite forteresse,
un petit couvent crénelé. Ordres ou baro-
nies pactisent sur certains points, en vertu
d'un même principe : l'esprit de corps; s'en-
tendent, malgré les querelles, comme carmes
et capucins, dès qu'on touche à l'habit ou
aux biens de main-morte et de communauté.
Cette petite féodalité tient au régime excep-

tionnel de cette industrie et passera comme le reste. Mais, malgré le réseau de ces intérêts d'amour-propre et de pécune, le libre écrivain trouvera toujours dans le public impartial, tant que lui plaira le métier et qu'il suffira au métier, son auditoire et son budget. Les armées régulières n'ont jamais empêché l'essor des soldats de fortune ; les églises, petites ou grandes, les libres prédicants.

Je n'ajouterai rien à ce bout de harangue si peu conforme aux usages parlementaires du journalisme contemporain. Quelques pages indépendantes m'ont suffisamment éloigné de toute accointance avec la presse périodique. Rien n'ajouterait à ma solitude et je ne serais plus moi-même si, par de banales complaisances, j'essayais d'en sortir.

Je termine ici cette première série de portraits. J'y aurais mis plus d'activité, si des travaux historiques longtemps différés et

déjà bien considérables pour mes forces n'a-
vaient le plus souvent réclamé tout mon
temps, toutes mes réflexions.

Ma première pensée avait été d'offrir au
public une esquisse sommaire de la politique des diverses nations du globe au dix-
neuvième siècle. Car, ainsi que le lecteur a
pu s'en apercevoir, ces notices n'étaient
pour moi qu'un prétexte. Elles servaient
souvent à dissimuler l'aridité du fond sous
la légèreté de la forme. J'ai spéculé sur la
curiosité qui s'attache aux individualités illustres pour faire pénétrer quelques notions
élémentaires dans les masses et faire sortir
les questions du cercle étroit dans lequel
elles gravitent ordinairement.

Ce motif seul a pu me déterminer à accep-
ter un format compromettant. Je n'ignorais
pas les périls auquels je m'exposais ; les
méprises qui m'attendaient de la part des
gens qui jugent les livres au flair et sans
lire. J'ai essuyé avec résignation les conséquences de cette généreuse audace. Et j'ai
lieu de me féliciter de ma résolution, puisque environ deux cent mille exemplaires de

ces notices répandus à travers le monde,
m'attestent que j'ai atteint mon but, au moins
dans les étroites limites où il m'a été donné
de le poursuivre.

A ce dernier point de vue, je sais combien
le plan sur lequel j'avais conçu et entrepris
cette œuvre reste et restera peut-être ina-
chevé. Il en est des projets littéraires comme
de la plupart des autres projets humains.
Mille causes séparent l'idée première de la
réalisation. Je me proposais le monde entier
pour cadre, et je n'ai tracé qu'une ébauche
imparfaite et grossière de la politique de
quelques royaumes de l'Europe. Plusieurs
petits États fort intéressants à étudier n'ont
même pu trouver place dans cette esquisse, par la raison que la France en devait, à mon sens, occuper la plus large part,
et aussi parce que le public français a le tort
de ne regarder jamais au delà du Rhin, des
Alpes, des Pyrénées et de l'Océan.

Telle qu'elle est pourtant la première partie de cet ouvrage a peut-être un mérite. On
y trouvera des choses que l'on chercherait
vainement ailleurs. Ce n'est pas un livre fait

uniquement avec d'autres livres. L'information en fait toute la valeur.

On n'imaginerait pas, d'ailleurs, avec quelle intelligente bienveillance le public lui-même se plaît à seconder toute publication qui, dans un but d'utilité, recherche la connaissance exacte des faits. En feuilletant la volumineuse correspondance à laquelle ces notices ont donné lieu, j'y trouve des lettres venues des divers points de l'Amérique et de la plupart des États du continent. J'y rencontre les noms de quelques hommes considérables mêlés aux noms obscurs d'artisans, de laboureurs, de jeunes prêtres, de professeurs, de militaires, d'étudiants. L'injure anonyme s'y mêle çà et là, comme des ronces parmi les fleurs. Quelquefois c'est un renseignement précieux ; le plus souvent un témoignage de sympathie. Je n'ai pas toujours pu répondre à mes correspondants, mais que tous reçoivent ici l'expression de ma reconnaissance.

Il n'est pas jusqu'aux ennuis que m'a valus l'expression trop verte de ma pensée, que des amis inconnus n'aient cherché à

adoucir. Châteaubriand raconte en ses mé-
moires, qu'une coupe, des fruits, du vin lui
furent envoyés. Pourquoi ne m'applaudi-
rai-je pas, moi, obscur, d'avoir été l'objet
des mêmes galanteries? je me souviens qu'il
m'est venu du pays de Rabelais et de Paul-
Louis une lettre affectueuse et tout ce qu'il
faut à un Occidental pour noyer ses cha-
grins. Hélas! je ne suis pas de ceux à qui
cette panacée réussit et, à moins d'imiter
l'exemple du duc de Clarence qui se suicida,
comme on sait, en se jetant la tête la première dans un tonneau de Malvoisie, je dé-
sespère de *humer* jamais d'une manière effi-
cace le *piot de l'oubli.* Pour noyer mes
soucis, je crois qu'il faudrait me noyer moi-
même.

Quelques amis ont, d'une manière plus
particulière que mes correspondants, soutenu et encouragé mon œuvre. Au premier
rang d'entre eux, je dois placer M. Billecocq,
fils de l'illustre avocat de ce nom, avec qui
j'ai été mis en rapport à l'époque brûlante
de la guerre de Crimée. Quelles notions! et
quelles appréciations j'ai recueillies à cette

source sur l'origine déjà ancienne de ce
grand démélé! Il est vrai que M. Billecocq passait déjà pour être le seul à avoir
vu, et ne peut voir encore, à l'heure qu'il
est, *la question moldo-valaque* qu'à un point
de vue, non pas celui qui caresse tel ou tel
rêve de la nationalité roumaine, mais bien
celui qui arrête et fixe, *sur le Danube*,
toute la sécurité de l'Occident: M. Billecocq,
en effet, a toujours pensé, depuis bientôt
vingt ans, qu'en grandissant de cette manière les questions qui s'agitent en ce moment à Jassy et à Bucharest, ou les résol-
vait du même coup dans l'intérêt roumain
et dans celui de l'équilibre universel. Véritable type de l'ancien diplomate français, modèle accompli d'honneur et d'élégance, nourri
des grandes et lumineuses traditions politiques dont M. de Vergennes fut l'expression
sous le règne de Louis XVI, M. Billecocq, après
avoir parcouru les cours de Pétersbourg,
Berlin, Madrid, Stockholm, et Constantino-
ple, a été brisé sous le ministère de M. Guizot pour avoir tenu trop haut, dans les
Principautés du Danube, le pavillon trico-

lore. Il a eu ainsi l'honneur d'être la
première sentinelle française frappée par
une balle russe dans cette lutte qui devait
se vider dix ans après sous les murs de Sé-
bastopol. Le premier il a eu le dangereux
privilége de crier : « France, voici l'ennemi ! »

Revenu en France depuis 1846, M. Billecocq (pour nous servir ici des expressions de
l'un de ses amis politiques les plus dévoués)
joint aux formes distinguées, à la bienveillance, à la dignité de l'aristocratie, le fond
noble et sûr, les sentiments élevés, la droi-
ture et l'entrain du démocrate, et, en vertu
de ces qualités réunies, il leur est à tous
deux une vivante leçon ! Au soir de sa vie,
M. Billecocq écrit les plus intéressants mé-
moires. Avec une générosité presque pater-
nelle, M. Billecocq a mis à ma disposition
ses souvenirs, son esprit, ses relations. J'ai
pillé à pleines mains dans cette riche mois-
son. Il n'en est pas appauvri, et mes lecteurs
et moi nous y avons souvent gagné quelque
chose.

Il est un autre homme encore... et je
sens mes yeux pleins de larmes en écrivant

son nom. — Je veux parler de M. Daniele
Manin, l'ancien président de la république
de Venise, l'un des plus purs génies de l'I-
talie... J'ai dû à la tendre amitié, aux sages
conseils de ce grand politique, les moins
mauvaises pages peut-être du quatrième
volume de mon *Histoire de la seconde Répu-*
blique française et de quelques-unes de ces
notices. Seul avec lui pendant des heures
entières, quelquefois huit jours de suite
dans cette chambre où je devais si tôt le
contempler muet et glacé par la mort, que
de fois j'ai prêté une oreille avide à sa voix
persuasive ! Comme la raison, la lumière,
l'esprit de justice découlaient de ses lèvres !
Avec quelle patience il m'expliquait les luttes de l'Italie moderne ! « Il est bon, me
disait-il, qu'il y ait en France des hommes
qui sachent ces choses ; vous les redirez un
jour. » Avec quelle sagacité, avec quelle
profondeur, quel dépouillement de passion
il analysait non-seulement les affaires de
son propre pays, mais encore celles de l'Au-
triche, de l'Angleterre et de la France! Un
historien célèbre, M. Henri Martin, a mer-

veilleusement défini M. Manin. « C'était, a-t-il dit, un Machiavel honnête.» On ne rencontre pas deux fois dans la vie un pareil ami, un pareil maître.

De toutes mes relations politiques, aucune ne m'inspire autant de regrets. Nul homme n'exerça sur moi, au même degré, le pouvoir de la persuasion. Je ne passe jamais devant la maison qu'il habita, sans éprouver le désir de gravir les marches qui conduisaient au modeste appartement de cet homme de bien. Lorsque la mort emporta Manin, je sentis bien, pour la première fois peut-être, un vide sérieux dans mon existence. J'ai perdu, au début de la vie, des êtres chers à mon cœur. Mais ce mausolée intérieur des affections terrestres que chaque homme porte en soi, laisse pourtant intacte la plénitude de la pensée. Il semble même que ce qu'il nous ravit d'affections, en nous détachant davantage des liens de la vie domestique, laisse à notre pensée une plus large plénitude, un plus libre exercice de ses facultés. La perte de Manin fut surtout pour moi un vide intellectuel.

Manin, comme tous les hommes d'action, inspirait l'espérance, la plus haute peut-être des facultés politiques, parce qu'elle donne la vie à toutes les autres. Son génie s'était élevé par le malheur et par l'exil au-dessus des infimes questions de parti. Il prononçait le mot de république avec la sérénité d'un philosophe plutôt qu'avec les préoccupations d'un sectaire ou d'un homme de parti. Ses suprêmes sympathies furent pour la monarchie piémontaise. Les derniers de ces sobres, courts et rares écrits qu'il laissait tomber, comme des décrets, de sa plume concise, sont empreints d'un caractère purement national qui l'élèvent singulièrement au-dessus de la plupart des hommes que les vicissitudes des affaires publiques jetèrent comme lui hors de leur pays.

Les noms d'une foule d'autres personnes avec lesquelles cette publication m'a plus ou moins directement mis en rapport, se pressent sous ma plume. Je citerai ceux que me fournit ma mémoire.

Les travaux et les conversations d'un poëte illustre, qui fut un moment président du conseil des ministres de Toscane, M. Montanelli, m'ont été fort utiles. J'ai reçu de M. Petrucelli, ancien député napolitain, des notes excellentes sur M. Delcaretto. J'ai consulté avec fruit sur les affaires de ce royaume M. le marquis Dragonetti, ancien ministre du roi de Naples. L'excellent marquis Pallaviccino, le compagnon de Sylvio, aujourd'hui député sarde, m'a donné en deux heures passées au coin de mon feu le regret éternel de l'avoir aussitôt perdu du vue que connu. Ses lettres et brochures m'ont depuis causé plaisir et profit.

M. Vaillant, fondateur du collége de Bucharest, avec qui j'ai été depuis deux ans en relations d'amitié, est un des hommes dont les savantes conversations et les travaux considérables m'ont rendu le plus de services. J'ai eu la bonne fortune de connaître et de lier amitié avec le poëte roumain Heliade, qui fut lieutenant princier du Sultan dans les Principautés du Danube à la suite de la révolution de 1848. Dans ma courte collaboration à la *Tribune des peuples*, du temps d'Adam Mickiewicz, M. Heliade m'avait

échappé. Je le tiens cette fois, et s'il a l'art
de colorer son langage des riches reflets du
climat de son pays, j'ai, moi, l'unique
science dont je me pique, celle d'écouter.
Et je l'ai beaucoup écouté. Je ne quitterai
pas le terrain de l'Orient sans parler d'un
Grec profondément versé dans la connaissance du côté religieux de la question d'O-
rient, M. Georges Mano, ancien compagnon
d'armes d'Ipsilanti. Il a pris pendant deux
mois, jour par jour, la peine de m'initier aux
arcanes de ce qu'on nommait alors le *quatrième point de garantie*. Je lui dois sur cette
partie de la question d'Orient des notions
véritablement précieuses et bien inconnues
des journaux.

Je dois encore au général Mieroslawski et
à M. Oppenheim des observations sur la dis-
tinction à établir dans la question slave. Au
chevalier Neigebaur, diplomate et publi-
ciste prussien, de précieux renseignements
sur le même sujet et de nombreux articles
infiniment trop élogieux dans les feuilles
allemandes. J'ai profité des conversations,
lettres, travaux de M. Lallerstedt, député de

l'ordre des bourgeois, en Suède. J'en dirai
autant de M. Élias Regnault. En confrontant
leurs opinions sur le scandinavisme et la
question des duchés, avec celle de M. de
Lassiauve, qui m'a envoyé son livre sur les
duchés, j'ai pu me former moi-même une
opinion,

M. Germain, ancien directeur des affaires
civiles d'Algérie au ministère de la guerre,
m'a donné sur notre administration civile et
militaire en Afrique et sur les trop fameux
bureaux arabes, des notes positives et subs-
tantielles. J'ai appris de M. le marquis de
Larochejacquelein bien des choses intéres-
santes sur l'histoire du parti légitimiste. J'ai
recueilli de la bouche d'un autre sénateur, ancien ambassadeur, M. le baron Paul de Bour-
goin, de curieux détails sur le carcatère
de M. Casimir Périer, sur ses vues dans les
derniers jours de sa vie. Un des plus illustres
membres du parlement anglais, M. Gladstone,
m'a écrit d'excellentes lettres sur les affaires
de Naples et sur la presse anglaise. Je crois
même avoir reçu un tout petit mot sous de

fort gros cachets, de la part de lord Clarendon
et de lord Palmerston.

J'ai des remercîments à adresser à la
presse allemande, italienne, danoise, sué-
doise, et en général à la presse étrangère
ainsi qu'à celle des départements qui m'a
prêté le concours de sa publicité. Pourquoi
n'en puis-je dire autant de la presse parisienne? J'ai une exception à signaler pourtant. M. Ulric Guttinguer, dans la *Gazette de
France*, sans s'effrayer de son isolement, a
persisté jusqu'au bout à dire que ces notices avaient du bon. Que Dieu l'en ré-
compense !

Voici mes comptes réglés. Que ceux que
j'ai oubliés me le pardonnent.

Le lecteur sait maintenant à quoi s'en tenir sur cet ouvrage. Félicité par les uns, mis
en prison par les autres, rien n'a manqué à
l'auteur. On peut juger combien les renseignements qu'il a pu recueillir de tant d'hommes illustres qui, tous, ont plus ou moins
passé par les affaires, ont dû lui être profi-
tables. S'il y a quelque chose de bon dans

ces notices, c'est à eux certainement que l'honneur en doit revenir.

Encouragé par l'accueil du public, par les sympathies d'amitiés qui obligent, je me dispose à publier une seconde série de cinquante nouvelles notices (1). Il ne sera plus, cette fois, question du passé. Nous avons suffisamment remué la cendre des morts. Une foule d'illustrations nouvelles dans l'armée, la magistrature, le barreau, les lettres, les sciences, l'industrie, ont surgi depuis dix ans et sollicitent l'attention des penseurs.

C'est désormais sur ce terrain exclusivement français et actuel que nous cheminerons, armés de ce miroir que Stendhal décernait au romancier mais que l'histoire selon nous, peut revendiquer à plus juste titre.

Décembre 1858.

H. CASTILLE.

(1) Cette seconde série sera publiée par M. Dentu.

36. **CHARLES IX CHEZ SON ARMU-
RIER ZIEM**, lithographié par J. Laurens, d'après..................... E. Isabey.

GRANDES PLANCHES

Prix fort : 5 fr. chaque.

VÉNUS PLEURANT L'AMOUR MORT,
lithographiée par J. Laurens, d'après Diaz.

LE GÉNIE ET LES GRACES, lithographiée par J. Laurens, d'après...... Diaz.

LES PRÉSENTS DE L'AMOUR, lithographiée par J. Laurens, d'après... Diaz.

LA FÉE AUX JOUJOUX, lithographiée par J. Laurens, d'après...... Diaz.

ANGÉLIQUE attachée au rocher, lithographiée par Sudre, d'après....... Ingres.

ŒDIPE CONSULTANT LE SPHINX,
lithographiée par Sudre, d'après.... Ingres.

CHEZ FERDINAND SARTORIUS
9, RUE MAZARINE, 9

DICTIONNAIRE

DE LA

CONVERSATION

ET DE LA LECTURE

INVENTAIRE RAISONNÉ

DES NOTIONS GÉNÉRALES LES PLUS INDISPENSABLES A TOUS

CONTENANT ALPHABÉTIQUEMENT CLASSÉS ENVIRON 80,000 ARTICLES
RELATIFS A L'ENSEMBLE DES CONNAISSANCES HUMAINES

PAR

UNE SOCIÉTÉ DE SAVANTS ET DE GENS DE LETTRES

SOUS LA DIRECTION DE M. W. DUCKETT

SECONDE ÉDITION

IMPRIMÉE PAR MM. FIRMIN DIDOT FRÈRES

*SEIZE VOLUMES grand in-8° Panthéon littéraire, de 800 pages
chacun, divisés en 160 LIVRAISONS, renfermant les 68 volumes
de la 1re édition, entièrement refondus, corrigés et augmentés de
plus de 10,000 articles tout d'actualité.*

L'OUVRAGE COMPLET EST EN VENTE

Le Dictionnaire de la Conversation, la plus *com-
plète*, la plus *actuelle* des encyclopédies, où environ
80,000 articles comprenant l'universalité des sciences

se trouvent alphabétiquement classés, est, on peut le
dire, aux travaux de l'esprit et au monde de l'intelligence, ce qu'un almanach d'adresses est aux besoins
du commerce et au domaine de l'industrie. Ce n'est
pas seulement un manuel explicatif des termes dont
la science fait usage, ou encore un aide-mémoire
universel, mais surtout un arsenal d'idées sagement
mûries sur la plupart des questions scientifiques et
littéraires, et de jugements impartialement motivés
sur les hommes et sur les faits du passé, comme sur
les événements d'hier et les réputations du jour.

Ces renseignements, on peut être certain de les
trouver dans le Dictionnaire de la Conversation,
« livre immense, a dit un de nos plus ingénieux cri-
tiques, qui est toute biographie, toute science, toute
anecdote, tout journal; » livre où la science se fait
humble et parle une langue à la portée de tous ; où
d'ailleurs la fantaisie de l'écrivain se donne libre car-
rière sur tous les sujets qui le comportent, et où dès
lors, grâce à l'heureux pêle-mêle de l'ordre alpha-
bétique, on peut rencontrer partout, à côté de faits
positifs, essentiels à connaître et relatifs aux diverses
branches des connaissances humaines, des pages
signées par nos premiers écrivains contemporains,
et dans lesquelles la grâce ou bien la profondeur de
la pensée, toujours la magie du style, se réunissent
pour captiver le lecteur.

Rien de plus facile que de se convaincre, par la com-
paraison des cent soixante *livraisons* aujourd'hui en
vente avec les volumes correspondants de la première
édition, que c'est bien là un ouvrage *refondu, corrigé
et augmenté.*

La première édition du Dictionnaire se compose de 52 volumes édités par feu Belin-Mandar, et d'un *Supplément* en 16 volumes publié par MM. Garnier frères, en tout 68 volumes, qui, en y comprenant les frais de reliure évalués au plus bas, seront revenus aux acquéreurs à près de QUATRE CENTS FRANCS.

La seconde édition, imprimée avec le luxe et le soin que réclamait un ouvrage de cette importance, COUTE MOITIÉ MOINS.

CONDITIONS DE LA SOUSCRIPTION

Le prix de chaque volume est de 12 fr. 50 c., l'ouvrage contient SEIZE volumes et coûte 200 fr.

Les personnes solvables qui désireraient faire l'acquisition du *Dictionnaire* auront la faculté de régler en billets échelonnés de mois en mois et fractionnés en 10, 15 ou 20 fr., jusqu'à concurrence de la somme de 200 francs.

« Cette facilité est accordée aux souscripteurs pour leur « donner la possibilité d'entrer immédiatement en posses- « sion de l'ouvrage sans débourser la somme de 200 fr. « de suite et en totalité. »

On se charge de la reliure

S'adresser, pour les renseignements, à M. Ferd. SARTORIUS, libraire, 9, rue Mazarine.

PARIS. — IMP. SIMON RAÇON ET COMP., RUE D ENFURTH, 1.